Este livro pertence a:

....

*Eles não sabiam que
era impossível,
então eles fizeram.*

Mark Twain

Mario Ramos

O pequeno Gui

Tradução de Luciana Veit

wmf**martinsfontes**

SÃO PAULO 2019

Leon era pequeno, muito pequeno,
mas ele fazia grandes promessas.

No dia do seu coroamento,
foi organizada uma festa gigantesca
e todos os animais foram convidados.

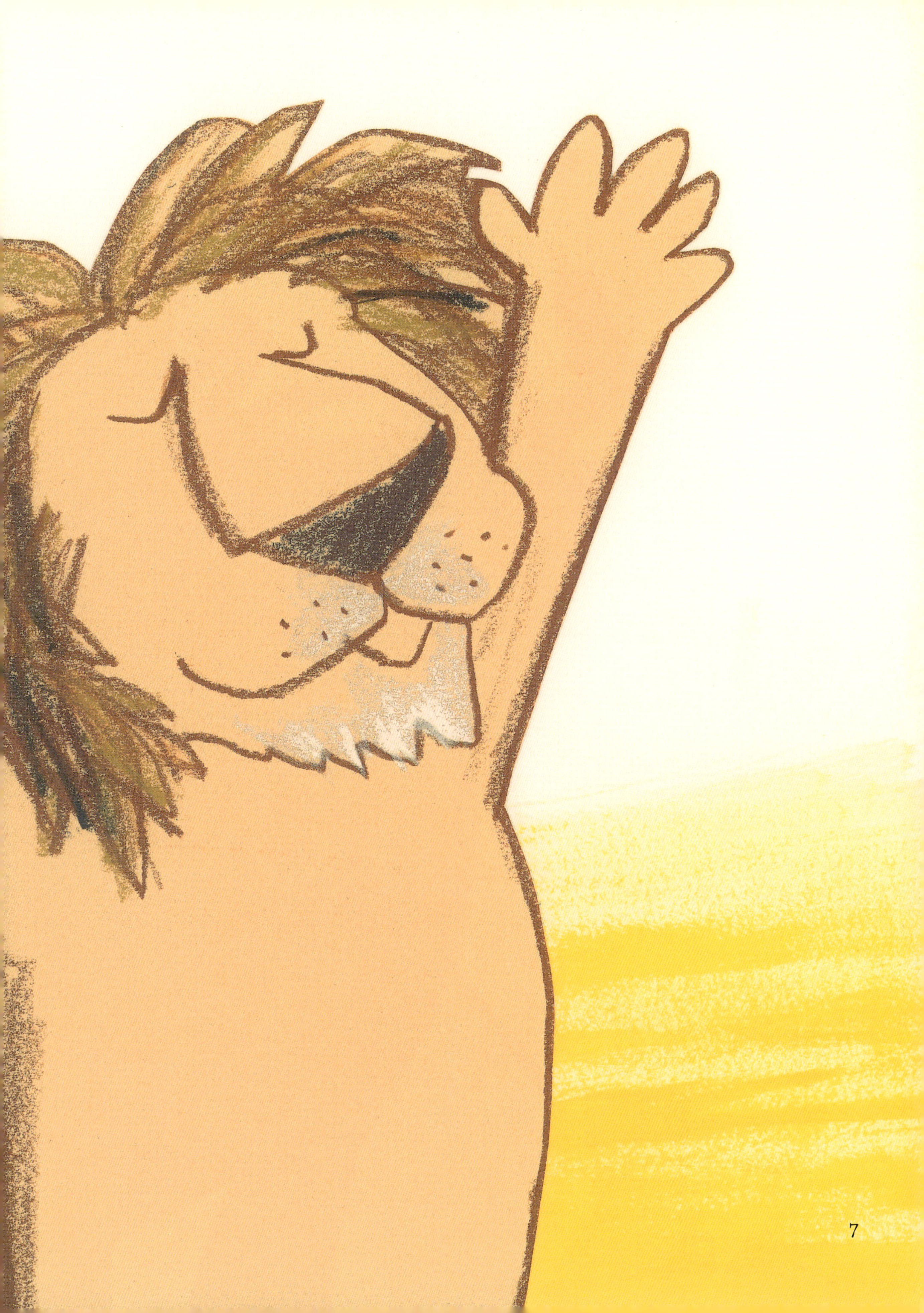

Depois Leon mudou.

Ele se cercou de um exército de gorilas,
a quem pagava com amendoins.

Para encontrar "Sua Majestade",
era preciso fazer o pedido com muita antecedência,
depois se apresentar de joelhos, baixando os olhos,
e falar baixinho para não atrapalhar sua sesta.

Os animais começaram a protestar.

9

Então Leon tornou-se cruel.
Muito cruel.

Quanto mais malvado,
mais se sentia grande,
terrivelmente grande.

11

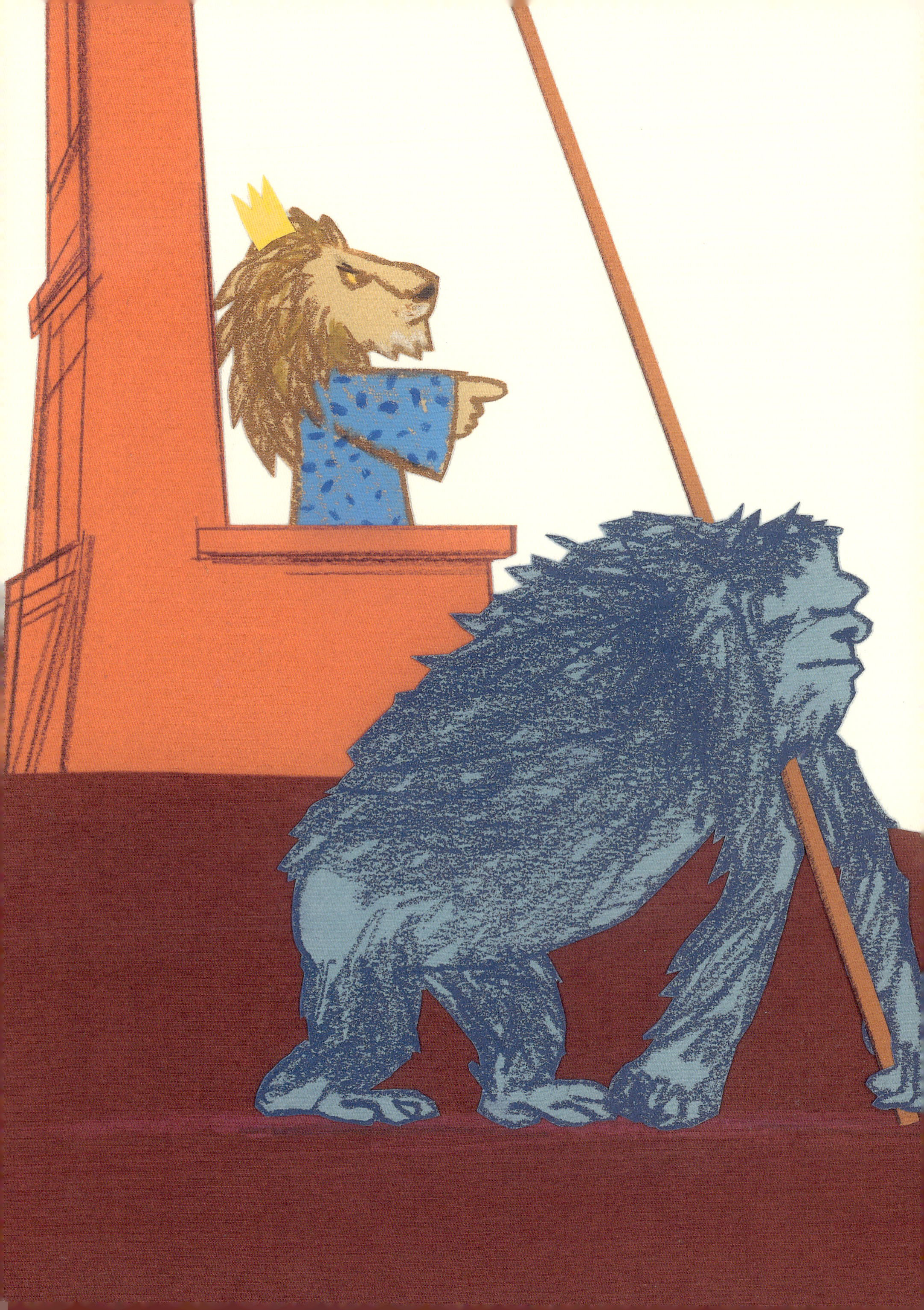

Em pé em seu trono,
ele mudava as leis segundo seu humor.
Os animais começaram a ter medo.

Um dia ele inventou uma lei
que proibia os pássaros de voar.
Os pais eram obrigados a quebrar
as asas dos seus filhotes no nascimento.
A revolta começou a pipocar.

Para desviar a atenção,
Leon declarou guerra a seu vizinho.

Vista do balcão, a guerra era um belo espetáculo.

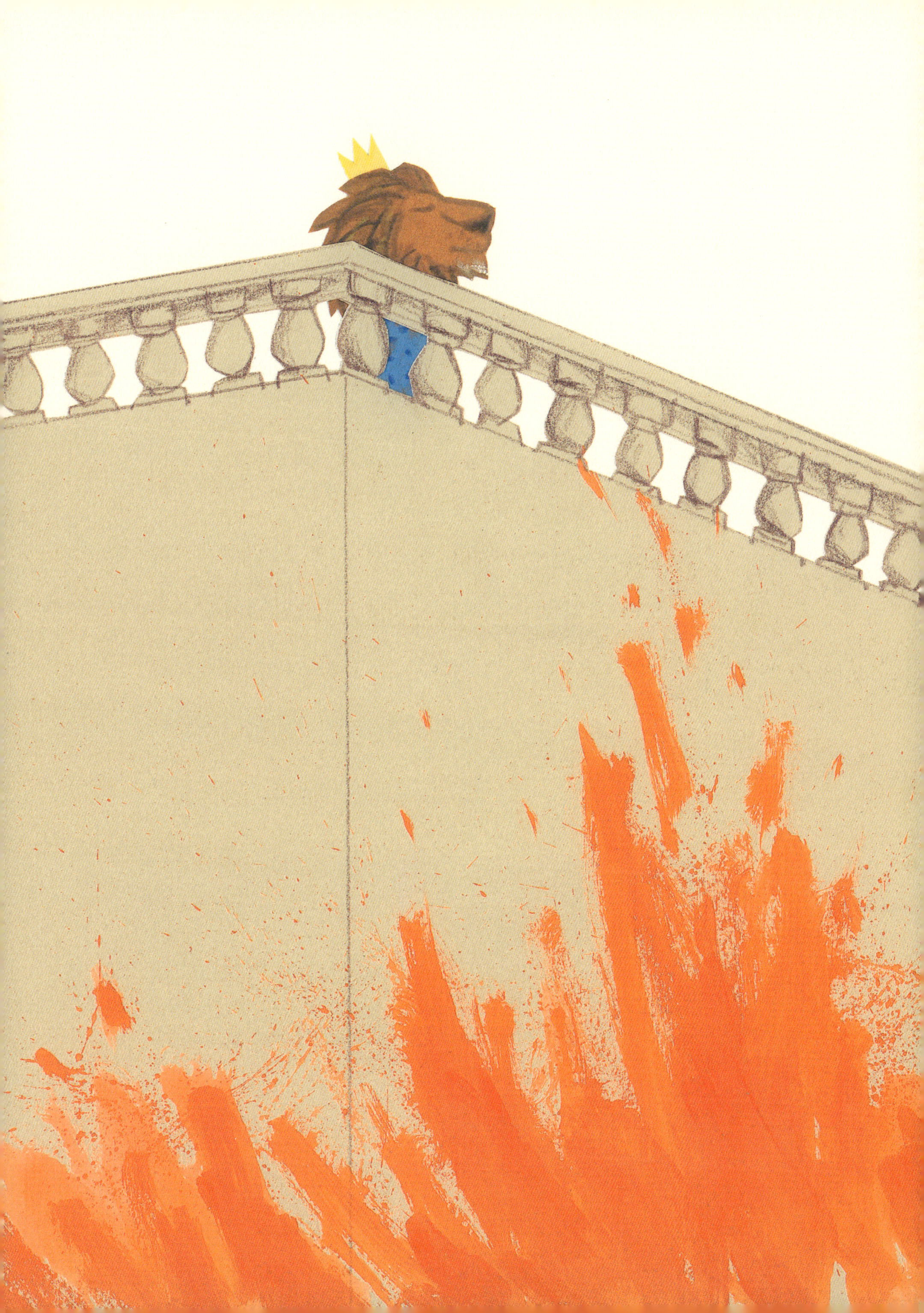

Nos confins do reino, vivia Tiffany.

E Tiffany estava triste, muito, muito triste.
Seu amado havia sido esmagado por um paquiderme
e ela estava grávida do primeiro filho deles.

17

No nascimento, o pequeno tropeçava em suas patas e começou sua vida na Terra com uma série de cambalhotas.

– Ha, ha, ha, como você é engraçado! Vou chamá-lo de Gui, você será meu pequeno Gui querido – dizia-lhe Tiffany apertando-o em suas asas.

Ela educou seu filho dando todo o amor
do mundo e esqueceu de quebrar suas asas.
Ela o ensinou a evitar os animais grandes
para não ser esmagado, a montar nas árvores
com uma escada e a não cair dos galhos.

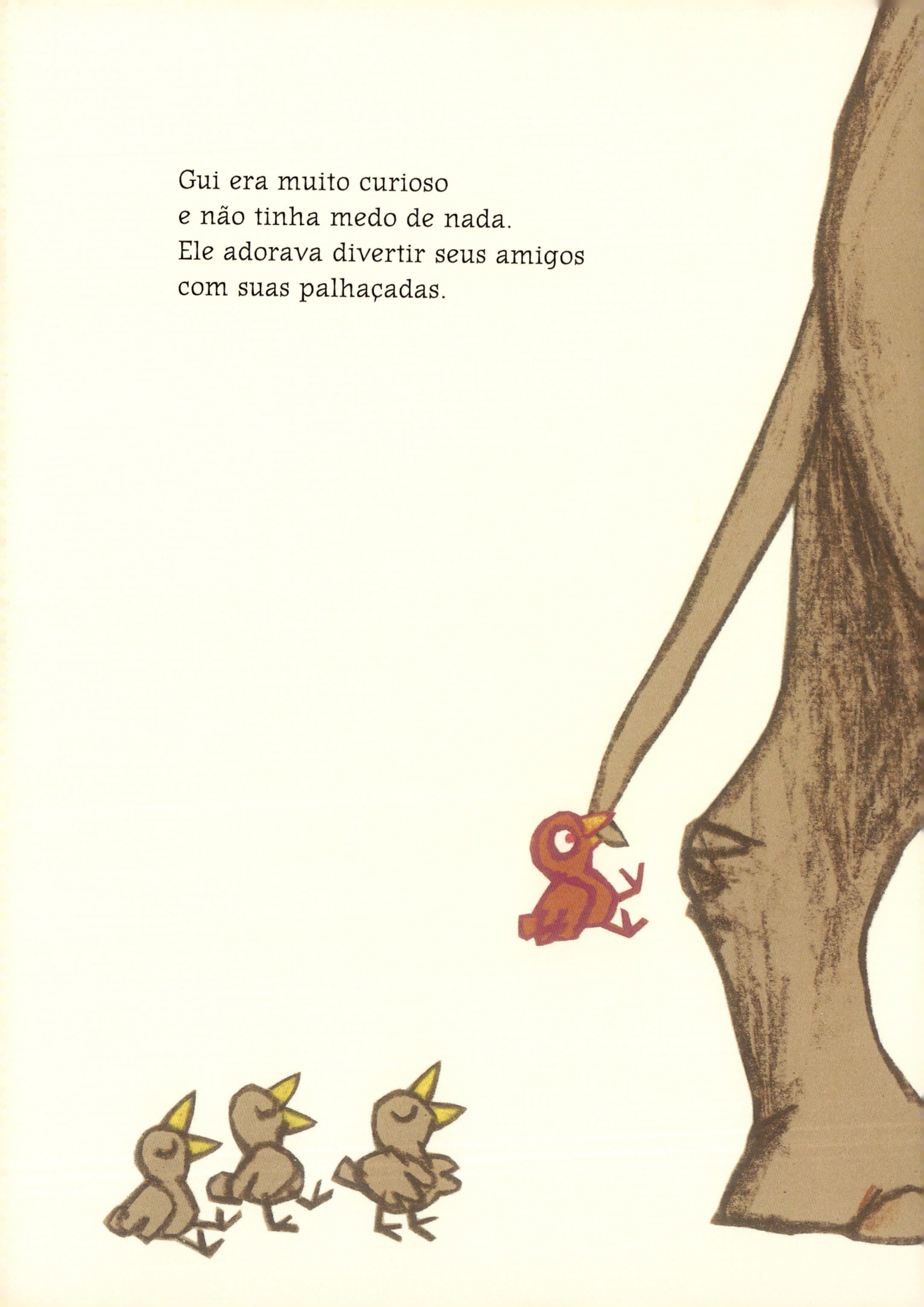

Gui era muito curioso
e não tinha medo de nada.
Ele adorava divertir seus amigos
com suas palhaçadas.

21

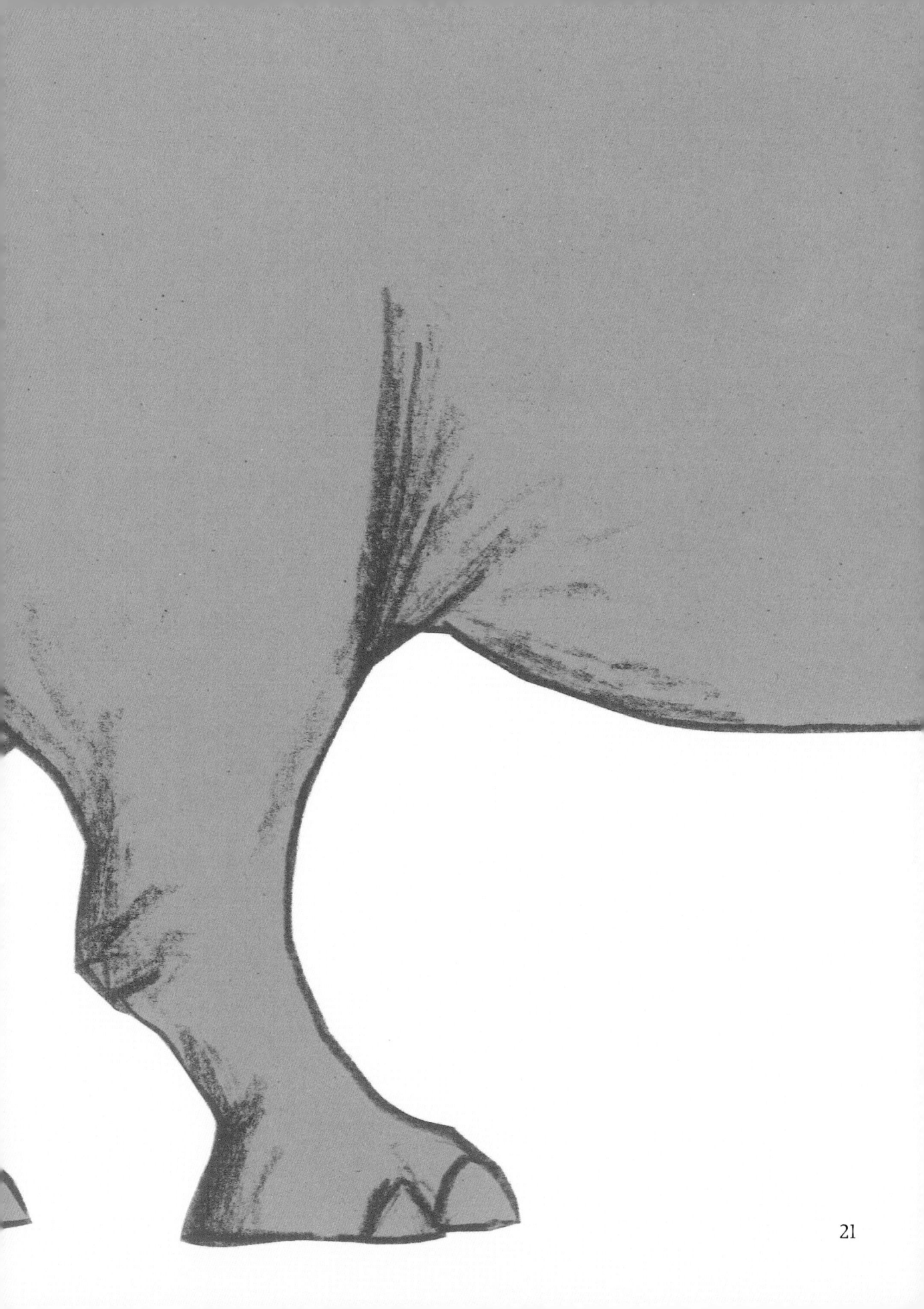

Enquanto isso, a guerra se eternizava.
E o rei se exibia prometendo tempos melhores.

Um dia, o cortejo real passou
na região onde vivia Gui.
— Viva o rei! — gritaram os animais.

— Por quê? — perguntou Gui.
Todos os animais olharam para ele.
— Se ele é mau, por que é o rei? — insistiu Gui.
— Porque ele tem a coroa — responderam os animais.

— Ridículo! — disse Gui, que tomou impulso,
agitou as asas e... voou.
Os animais prenderam a respiração.

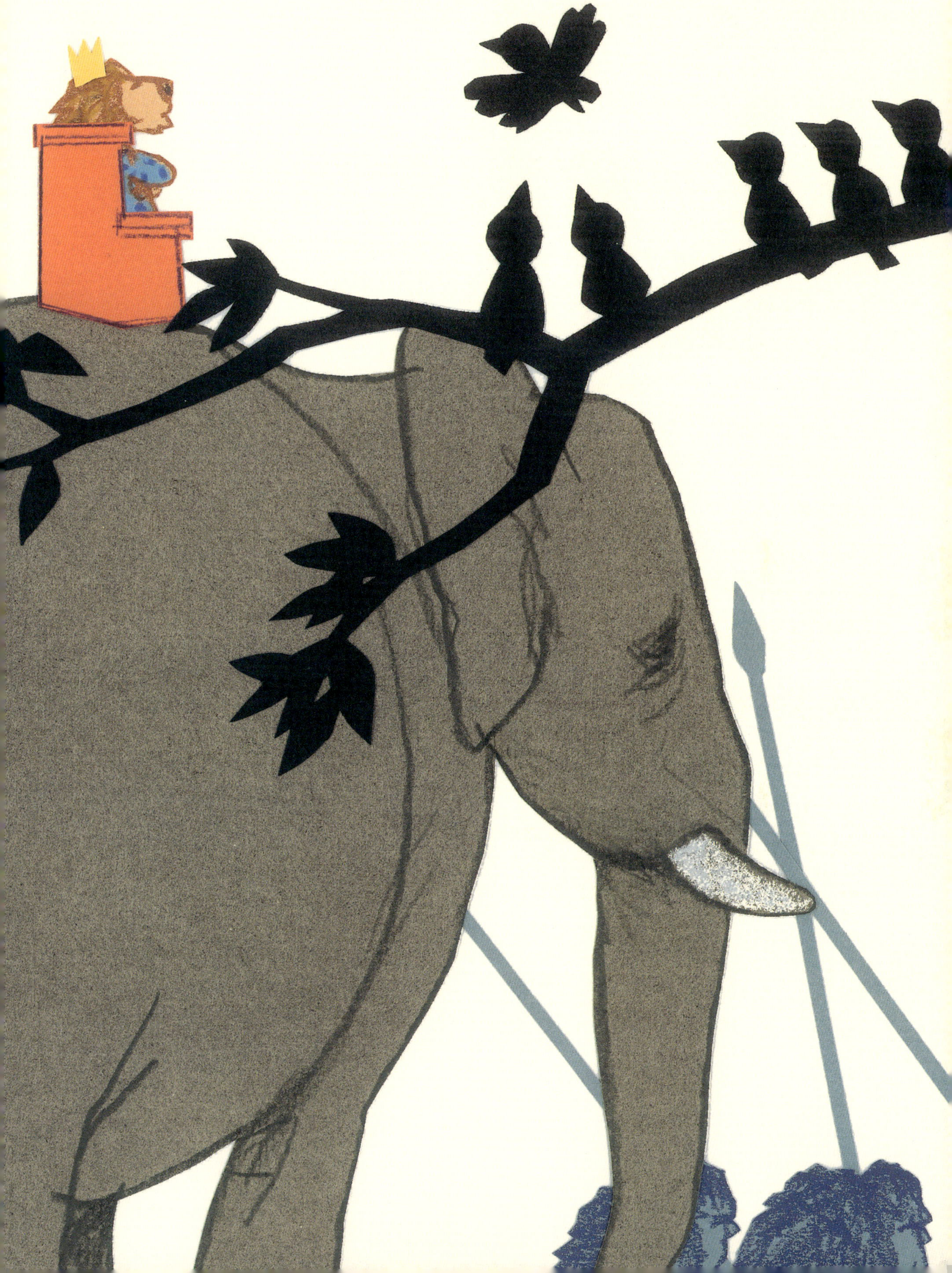

Gui voou até o rei e pegou sua coroa.

– Que lhe arranquem as asas,
que lhe furem os olhos,
que o queimem no fogo!
– gritou Leon, louco de raiva.

Mas ninguém pode fazer nada
contra um simples passarinho que voa livremente.

Gui colocou a coroa na cabeça do porco.
Todos os animais riram pelos cotovelos.

Mas o porco não ria.
Pelo contrário,
ele levou seu papel bem a sério
e decretou:

– Tomar banho uma vez por ano é o suficiente
e exijo que dos carnívoros
arranquem dente por dente.

27

— Ridículo! — disse Gui, que pegou a coroa de volta e a colocou na cabeça do crocodilo, que ordenou:

— Os porquinhos gordinhos devem vir me visitar, em grupo de oito, na hora do jantar!

– Ridículo! – disse Gui, que pegou a coroa de volta e a colocou na cabeça do burro, que anunciou:

– É proibido ler e escrever...
E também responder!

– Ridículo! – disse Gui, que pegou a coroa de volta e a colocou na cabeça do elefante, que exigiu:

– Trinta e seis refeições quentinhas servidas na cama, e que esmaguem todas as ratazanas.

– Ridículo – disse Gui, que pegou a coroa de volta
e a colocou na cabeça do cachorro, que impôs:

– Todos os animais devem falar latindo
e mexer o rabo quando estiverem sorrindo.

– Ridículo! – disse Gui, que pegou a coroa de volta e a colocou na cabeça da raposa, que decretou:

– As galinhas e os coelhos poderão correr pelo campo, os patos e os gansos serão livres como o vento. Quero todo o mundo sem pensar no tempo.

– Ridículo! – disse Gui, que pegou a coroa de volta
e a colocou na cabeça do gorila, que coçou longamente o
crânio antes de resmungar:
– E se devolvêssemos a coroa ao leão?

– Completamente ridículo! – disse Gui, que pegou a coroa de volta, voou muito alto no céu e desapareceu no horizonte.

Gui voou muito tempo
e descobriu uma imensidão azul.
Então deixou a coroa cair.
Ela desapareceu no fundo do oceano.
Aliviado, Gui decidiu ver outros mundos.

35

Enquanto isso, no fundo do mar,
Nero, o peixinho, fazia grandes promessas.

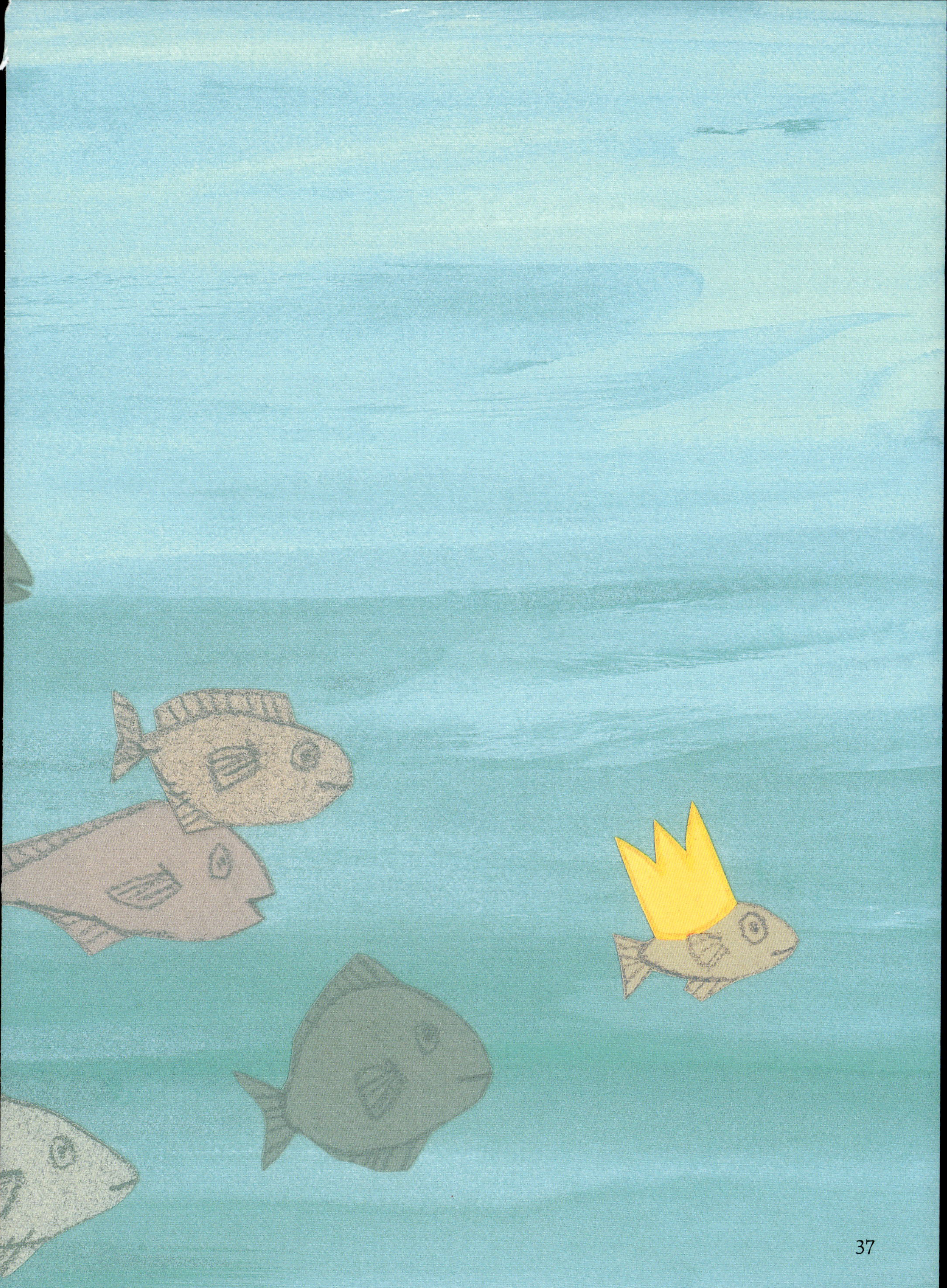

Esta obra foi publicada originalmente em francês com o título
LE PETIT GUILI.
Texto e ilustrações de Mario Ramos.

Copyright © 2013, l'école des loisirs, Paris.
Copyright © 2019, Editora WMF Martins Fontes Ltda., São Paulo,
para a presente edição.
Publicado por acordo com a agência literária Isabelle Torrubia.

Todos os direitos reservados. Este livro não pode ser
reproduzido, no todo ou em parte, armazenado em sistemas
eletrônicos recuperáveis nem transmitido por nenhuma
forma ou meio eletrônico, mecânico ou outros, sem a prévia
autorização por escrito do editor.

1ª edição • 2019

Tradução
Luciana Veit

Acompanhamento editorial
Helena Guimarães Bittencourt

Revisões
Beatrice Moreira Santos
Marisa Rosa Teixeira

Edição de arte
Katia Harumi Terasaka Aniya

Produção gráfica
Geraldo Alves

Dados Internacionais de Catalogação na Publicação (CIP)
(Câmara Brasileira do Livro, SP, Brasil)

Ramos, Mario, 1958-2012.
    O pequeno Gui / Mario Ramos ; ilustrações do autor ;
tradução de Luciana Veit. -- São Paulo : Editora WMF
Martins Fontes, 2019.

    Título original: Le petit Guili.
    ISBN 978-85-469-0225-5

    1. Ficção - Literatura infantojuvenil I. Título.

19-24885   CDD-028.5

Índices para catálogo sistemático:
1. Ficção : Literatura infantil 028.5
2. Ficção : Literatura infantojuvenil 028.5

Iolanda Rodrigues Biode - Bibliotecária - CRB-8/10014

Todos os direitos desta edição reservados à
Editora WMF Martins Fontes Ltda.
Rua Prof. Laerte Ramos de Carvalho, 133
01325-030   São Paulo   SP   Brasil
Tel. (11) 3293-8150
e-mail: info@wmfmartinsfontes.com.br
http://www.wmfmartinsfontes.com.br